筑後方言詩集

# 野道に捨てようかの

古賀　健介

櫂歌書房《とうかしょぼう》

# 大根（でーこん）詩人

何か　こりゃ
腑抜けごたる詩ば
書いとる

はらわたが熱うなる
そげなもんば書かんか
でーこん詩人

切れば血が噴きでる詩
今までそげな生き方ば
おいはしてきたじゃろか

ほんなこて
詩を書くちゅうこつは
恥かしかこつばい

風に嘯き　月に笑う
方外の漢には
詩は要らんとですか

ふん　盃にすずるるごつ
ささ　注がんかい
でーこん詩人

よかです　呑みまっしょう
はらわたば焼いて出る
炎のごたる詩ば　吐きます

## 目次

# 昭和の迷宮

戦にちん負けて六十九年
昭和元禄ガ去って四十年
平成になって二十六年

そいでも　昭和バ引き摺り
都合のヨカ　妄想に溺れとる
アンポンタンの川の流れぱい

えすか歴史に学びもせん
フーケモンドンが勢いづき
百鬼夜行　夜郎自大の世たい

戦と金儲に狂うた昭和でも
墓穴におてこんでおりゃ
すらごつもほんなこつたい

昭和チ言う　亡国の迷宮で
うろちょろ　しょるうちに
平成は悪霊に乗っ取られた

おいどんに　あげんせんか
こげんせんか　せからしか
しけて　じゅるしかばい

ヨカクサイ　昭和の迷路バ
爺の業に曳き回され
鬼火ごつ　飛び廻らんか

# 無と空　般若心経を行ず（二）

おいはなんじゃろか
世界はなんじゃろか
そいば言い尽すには
こげんでも無か
そげんでも無か　無か無か
無かば重ねて行くだけばい
無かの先に　何があるとの

「千峰雨晴れて
　露光すざまし」
そりゃなんのこつかい
おいは身でも　心でも無か
無かが極まり　破れて無か
空チ　言われても分からん
おまいの言葉の途は
ここで御仕舞い

ただ存在するだけ
なーんも　無かつが
なーんも　無かつば

見たり　聞いたり
嗅いだり　触ったり
想うたり　したりして
「君看ずや　双眼の色
変らざれば
憂い無きに似たり」
色即是空　空即是色
般若心経を行ず

# 時代の尺度

千年前のこつでん
キノーの夢のごたる
儚い世にのう
ひっきりなしおてて
チョボット積り
あとは吹き散る
時代を選んで
生きるこつはでけんが

どげん生きるかは
おまいの自由ばい

こん時代の外に出て
卑しさと乏しさの
尺度バ以って
人間の眩シカ闇を
測定バする
面白かごつ的中する
そいが適わん時代に
囚われず生きる術たい

来るべき時代の核心を
己の志に合わせると
人間の自由と自立に
照準がピッタシ合う

こん尺度ならば
太古の人間にも
今朝の人間にも
同じ息吹を感じるばい

# 死んだげな

三潴のふうがじじが
死んだげな　ほー
酒打ち食《くら》いすぎて
死んだっかい
うんにゃあ
世ん中にぞーの
わきすぎて
死んだっかい

うんにゃあ
よそからきて
ただんもんのまんま
気の向くまんま
そうつき歩き
縦にもならん
横にもならん
収まりのつかんまんま
始末に困るまんま
死んだげな　そうかい
雨ん日も　雪ん日も
嵐の日ものー

ちょんかのー　こまかのー
じょんじょんどんが
むぞかー　あっぷかーち
言うてのー
道端で死んどったげな
ふーん　そうかい
おかしか奴やのう

## オッチャン　ソイバッテン

オナゴシが恰好様見ゆる
オッチャン　ワッカノウ
フルイッキトウナルバイ
イッチョウ　ムゾガルカ

ワーイタ　言うのー
ジャットン　デケンバイ
ワケー頃なら
ヨカロバッテン

エスカゾー　デケンバン
ナンチャ
　ドマグレル
カー　ロクデンナカコツユウテ

アポタンの川流ればい
ガラルルバイ
　スワブル　バチワル
ハー　ウーボラバ吹いて

ソイバッテン
ワッカオナゴカイ
ヨカノウ　懐かしか話の

オイもスイトルバッテン
オッチャン　イロキチゲーチ
ワライカブラルルバイ

# 虎視眈眈

おいには何んがある
尋ねてみても
おまいしかなか
そげなこつあるか
ぎょうさんあろうが
適う者もあるはず

あっち　こっち
さるいてみたろ
出逢うた時は
ほーち　感心し
こりゃ　よか
がまだしたばい

ほいばって
覚めて見ると
おまいしかなかったろ
うーん　料簡が狭かっか

世ん中と合わんとか
今日もひとりぼっち

酒ば飲み
詩ば書き
おらびょる
黒ろうか向うば見て
おーい　何ばしょるか
ふん　虎視眈眈ぞ

# うまかのー

野道に捨てようかの
わが命　捨てるには
寂しゅうなかか　野道では
こげんとき　言葉は薄情か
ちっーと　言うてくれんかん
俺のこっじゃなかばい
空ば見上げて　道で踏まれ
忘れられとる　べっちゃげた石

裏に土への　入口ごたる
穴がある　目に定かじゃなか
生き者がおらす　うまかのー
野道におおか命ばい
菜の花　きーつか　よーか薫り
いぬふぐり　青紫のちょんか花
蝶々かい　まだ生きていたかい
この年ば越すこつはなかろう
野道の四季は移ろっても
命はなーんも　変わらずにおる
死んで行く者が滅びるこつはなか
なんーか　去年の春がそんまんま

うまかのー　野道の散歩は
拾うたこの石　よーか飴色ばい
ちょんかころに　舐めよった
水飴の味がして　さすりょったら
すべすべ　手に馴染んで来ての
わが命もうまかー塩梅になったよ

# ほけまくり

春の夕暮れ
雨上がりの風が
気持ちよか
一日のおしまい
世間が奏でた
今日の調べも
おいにはそぐわん
晴れ渡る空

満月の船が
夜の航海へ
一夜明ければ
どんなものかい
札束に目鼻がついとる
生き者がぞろぞろ
何処から来たのチ
タンネテてみたが
へのへのもへ
言葉は通じん
尻もぬぐえん

くさか政府なんか
どげんでんよか
泥船と一連托生か
税金はるて
寝るだけばい
春の夕暮れ
ほけまくり

# へえーりこいた

ただいま
おやつあるの
いり豆があるばい
うまかの
ありゃ　豆ば
落してしもた

どこぞ　へえーりこいたか
うんにゃ
屁　こいとらん
豆ば落したと

ばあちゃんのごて
猫のごてのごたる
としょりゃ
こげん丸うなるとよ

よーか天気ね
よさりはお月さんが
うつくしかろ
一緒に見ろかのー

あら　お月さんが雲んなけ
へえーりこいたばい
そん雲はの
お月さんが
こいた屁たい
あー　ほんなこつの

# 人間の言葉

しょぼくれた人間のヨサリば
ながかよさりばおいはサルク

しんからゆるっとなれる処ば
タンネテノウ　おいはアユブ

命のぬくーなる言葉ば
話しょる人どんば　たんねて

おいはさるき回っとるばい
どこに行き　誰に遇うても

ジュツナカコツバッカシ　イイヨル
ロクデンナカコツバ　アオリョルケン

尻が焙られて　アーツテ落ち着かん
生きとる楽しか言葉バ

人間らしか言葉バ　聞きたかばい
世直しのイサゲー言葉も話したか

そげんしょらんと牛馬ごつなって
人間じゃ　のうなってしまうばい

# ここがよか

おいはここにおる
つら犯さず
言いたいこつ言うて
したいこつして
何の遠慮もせん
ほんこつ　真ば尽くし
めーにち　楽しゅう暮らす

おいの故郷は
直情にして温和
人や世間にゃ言わしとけ
柔和にして心動かず
独立独歩たい
おてんとうさんが見よらす
ごてば使うて稼ぎ
情け深か女と一緒になり
こーまかつがちょちょろ
おーい　そこは危なかぞ
児どんば育てる

他人に逢うては
今日もよーか天気のう
挨拶ばして
かあちゃんと児どんと
暮してゆけるなら
なんもいらん
鼓腹撃壌の童謡が
おいにはふさわしかばい
「帝力何有於我哉」
ここがよか

# この一日　まなとに

まなとにつんのうて
何処で遊ぶかい
風も柔かかのう
花がのうなって
若葉が綺麗か町ば
ちょんか手ば握り
ふらりふらり　さるく

腹がへったかい
なんでんよかぞ
うまかつば食わんかい
おまいは着た切り雀ごたる
よか着物ばこうちゃろか
何か面白かつはなかかのう
あっちこっち　さるこうか

なんちゅうこつも無か一日
こまか子とおるだけで
生きとるのが嬉しゅうて
楽しゅうでけたのー
おまいからの贈物ばい
こん一日は　ほんなこて
ありがたか日じゃった

## 命の味

生きとるこつはうまかー
ばあちゃんの味噌汁バ
すすりょるごたる
父ちゃんにウダカレテ
風呂ん中で小便たれた

かあちゃんに頬っぺば
チュウ　甘かったばい

のうなったじいちゃんの
手真似バするともよか

春の陽のなかでゴロンとし
夏の陰にボケートとしとる
虫の音の寝床でジーコして
冬の木バうだくとつんたか

鳥がオハユー　嗚呼生きとる
今日はなんばしょうかのう

午後はヤオナカばってん
ガマダサントデケンばい

くろーなってきたか
いっぺー呑むぞ　うまか

# 生きる

こまか窓の家で
離騒の詩を書き
コッポーットしとる

光が訪れ　部屋に
翳りを添えた

今日と同じように
明日も美しいから
求めるものは無か

澄んだ鳥の声に
命の喜びを聞く

窓先に揺れとる
まんじゅしゃげ
キョーも茜に暮れ

婆さんのごてんごつ
丸うて　ぬーかった

今日のあんべーはどげんの
よさりが尋ねたばい

ほんなもんは
幽明の境で
ひっそりしとる

# どげんしょんなか

深か闇に沈んどる
顔も　言葉も
見えてこん　聞えてこん
損われ　奪われ
忘れられとる
見当もつかん
えすかこつ
そんくらいしか分からん

戦争になると
もう　うんざりする
楽しか詩ば書かんとかい
脳天気な声も聞こえる
同情しても
手助けしも
弱か人たちが
列ばなし
悲しか目ばして
いきょらす
酷かこつはどんどん蔓延る
ほなこて　情け無か

どげんしょんなか
今　詩ば書くこつに
どげな意味が有るか
　ぐらりする
臓が沸くばってん
無辜の人の語る言葉を
おいはまだ持っとらん

## 独りの想い出

こまか時から独り
良かごつ言うて
境内で遊んどった
苔のはえた狛犬が
聴きよるだけ
誰もおらん
太うなって
神社は魂ば鎮める処ち
知ったとばい

あげな吹き晒しに
神さんは淋し無かろか
よどはぎようさん人がいて
縁日も出るばってん
いっちょん面白なか
人のおらん境内の雰囲気が
心に沁みとったんじゃろ
神さんと狛犬とおいだけ
歳ば取って　訪ねても
境内にゃ　誰もおらん
昔とちっとん　変わらっさん

ガラーンと味もそっけもなか
懐かしか　淋しさたい
神さんは南ば向いとらす
こん国に故郷は無かけん
こまか時から
おいは
西の方ば向いとる

# 朝の門

朝の門が
空に開く音は
暗く冷タカ響きから
光が生れよる
ジッコ　聞いてんの
身体に血が巡っとる

朝がの　バサラカ
門から出ていきょらす

オイの朝は何処におらす
鳥の声が晴れやかでよか

ああ　今朝も生きとる
テゲテゲ　行こうかの

遠くまで行く人は
健やかな人　だが

朝は如何様に美しいとも
一日の終わりは分らない
オイも朝の門まで
どげん　暮れて行こうか

# この今だけの男

おいは世捨て人じゃ無かばい
初手から棄てる世は無かった

こん世に　只生きて来た男
すつる過去もなけりゃあ
まっとる未来もなかばい

この今だけが
風に舞い上がり

雲んごつ　取り止めもなか
水んごつ　流れていきょる

しょちゅう燃え果てる
こん今ば生きとるだけの男

じゃがのう　こん今を
君たちに進上しようとは思わん

私は世捨て人ではないから
ひらひら　ふわふわ

こん今が　過去になったり
未来になったりしょるとば

怪しんで見とる
　仕舞いまで　今だけの男

よか男はおらんの

銭も無ければ
肩書きも無く
力もナカ

ソイバッテン
人間は不思議カー
底が知れん

威武も　富貴も
卑賤も　ドゲンデケン
そげな男がおったゲナ

今どきの世の中
ウッズマッテのう
息苦しゅうて　面白ナカ

犬ドンにツンナワレタ
馬の背で猿が踊りょる
ホケンゴタル時代ばい

イッペ　遣りながら
いつの間にか　オイは
歳だけ　クウテシモタ

おおい　もういっぺん
世の中ばデングリ返す
よか男はおらんの

# 冬の風鈴

死んでよかか
仕舞い忘れた風鈴
鳴りょる
鳴りょる
もう治らん
せんでよか
そげんこつ言うて
生れ治って来るけん

せんでよかぞ
西の空に
青白い星が流れた
喧嘩ばっかりして
あんたの気持が
分らんじゃった
そいばってん
いっちょう死ぬと
海に落ちた命と同じ
どげん見分けて
拾い上げるとかい
よかよか

俺は行く
風鈴が鳴りょる
季節外れじゃん
それが心残りたい
今朝も夢に見た
死んでよかか
冬の風鈴

# 霧晴れて

山を見ると
霧の中におらした
何で泣きょるとかい

霧が流れ　声がする
命をもろうて生きとる

有難かち　言うてのう
山が震えとるとばい

山を登ってゆくと
心も体も段々軽うなり
何か嬉しゅうなるぞ

山に入ると
草木も虫も獣も鳥も
楽しかち　言よる

岩の根元に寛いで
山と黙っとる
木洩れ陽が射して

ぎょうさんの命が
風になって吹く

山頂の霧も
晴れ上がったばい

# 柳川船頭川下り歌

春の水里　川下り
風に吹かるる　柳の様に
棹のさばきのみてみごつ
どんこ船頭の　よか姿
はー　見てみごつ

夏の水里　川下り
おっかん汲場で　洗いもん
河童のじょんじょん何処いった
とおーか想い出　懐かしか
はー　懐かしか

秋の水里　川下り
風に飛ばすな　ばっちょ笠
上門潜りは見せどころ
河童の半纏伊達じゃなか
はー　伊達じゃなか

冬の水里　川下り
水面に雪の舞う時にゃ
炬燵舟にかっぽ酒
ゆるーっと　いっぺーやるかんも
　はー　やるかんも

## 故国を生きる

君が真実を知っても
故国は変らないし
人もまた変らない

否　真実を知る故に
疎外や深い孤立に
襲われているだろう

無関心と沈黙の喧騒に
独り　取り残され
別の惑星にいるようだ

君の真実も祖父たちの
現実の中に織り込まれ
見え無くなったひとつ

この国に生きるとは
日常の仮面を被り
良心と理性を抑える

真実を知る空しさに
耐えて生きている
故国の中の亡命者よ

未明の闇の中に立ち
希望の寒さに震える
境遇はどんな具合か

この詩集は作曲家田村徹氏の励ましと忠告
並びに櫂歌書房、東保司氏の尽力によって
上梓出来ました。慎んで、感謝致します。

著者略歴　古賀　健介〈こが　けんすけ〉/ 詩人

1947 年、福岡県大川市に生れる。

大学卒業後、損保会社勤務。

その後、久留米市立図書館に勤務。

定年退職して、現在、筑後三潴に居住。

「無窮の旅に抱擁された船乗りよ」の詩集あり。

筑後方言詩集　野道に捨てようかの

---

発行日　2019 年 12 月 8 日　初版 第 1 刷

著　者　古賀　健介

発行者　東　保司

発 行 所

櫂 歌 書 房

〒 811-1365　福岡市南区皿山 4 丁目 14-2

TEL 092-511-8111　FAX 092-511-6641

E-mail: e@touka.com　http://www.touka.com

---

発売所　株式会社　星雲社